萌え騰るもの　全

死ぬことは生きること

岡　司馬さんは、たしか戦争においでになりましたね。

司馬　昭和十八年十二月一日の学徒出陣で行きまして、終戦の二十年まで取られておりました。満州のほうが主でございました。戦車隊です。

岡　よく捕虜にならなかったですね。

司馬　それが悪運が強うございまして。終戦の直前に、内地防衛のための戦車が足りないというので帰って参りました。

岡　それじゃ、なにか日本の神々が司馬さんを誘おうとのお考えだったのです。この歴史を長い目で見てみますと、日本人が生死を無視して行動するのがよくわかってきます。つまり、現世だけを見たんじゃ、そのなかにはエッセンシャルがないってことがわかってくるような気がします。いかにも歴史のキイーポイントが偶然のところで曲がっている。ですから、神々がある、といったほうがよっぽどわかりやす

い。これを、徳富蘇峰のように生きている人の能力だけで判断しようとしたら、つじつまの合わないことがずいぶん出てくる。歴史の曲がり角は、偶然が決定している。つまり、神々が踊らせているのだ、という言葉でいったほうが、歴史のありのままを描写しやすい。そんなふうに思っているのですけれど……。

司馬　必然的偶然というような言葉が使えるなら、それでございましょうね。

岡　つまり、歴史は神々の霊筆によって描かれる。神々の霊筆という言葉を使って歴史のあり方を説明すると、筋が通ると思うのです。エッセンシャルなものを求めるには、現世を無視しなきゃならないでしょう。

司馬　私には、そういう天の意志というものがよくわかりません。あるいはわかることを自分に対し閉じているところがあります。なるほど天の意志という言葉を使うと非常にぴったりくる場合もありますが、そうでない場合もあります。

岡　「竜馬がゆく」「殉死」をいただきましてありがとうございます。坂本竜馬の姉さんのお栄が自殺していますね。あのへん、死というものの意味が非常によくわかります。姉さんがあんな死に方をしたから、竜馬はすばらしい活躍ができたのだという気がします。

司馬　あそこで問題が一つふっ切れていますね。

岡　脱藩するということは容易ならんことだったのですねえ。

司馬　それはもう、ちょっと想像できないくらいたいへんなことだと思います。

岡　お栄の死が一番印象に深かった。ずいぶんお調べになったようですが、乃木さんの死は調べにくい。あれはわかりにくい。

司馬　わかりにくうございますね。

岡　それよりも、維新の志士たちが〝死ぬことは生きること〟のように死んだ。そのほうがはるかにわかりやすいです。維新の志士たちは、楠木正成の念を念として貫いたのだと思います。七生報国をやったのです。正成の最後の一念を初一念として貫きとおしたという気がします。それに比べると、乃木将軍の死の描写は考えにくかったと思います。乃木さんより夫人の死に方のほうは、いくぶんわかりますね。そういうものかなあと思いました。

司馬　私は、乃木さんの「殉死」を書いて、書き終わったのが夜の十一時でしたが、そのあと、なんとも名状しがたい咀嚼（そしゃく）しきれないモヤモヤが残りましてね。強い酒を飲まずにはやりきれなかった記憶があります。

岡　ほんとうに明治天皇のあとについていこうとしたのだと思います。途中にいろいろ伏線が敷かれてあるものですから……。

司馬　そりゃそうですね。かえってわかりにくいです。

岡　乃木さんは、死の瞬間をわかりにくくするようなことばかりやってきていますね。初一念を貫いてくれたらわかるのですが、乃木さんは貫いていません。何か決意しては忘れてしまい、忘れてしまっては、また思い出してやる。そんな生涯でした。

若いときに連隊旗を奪われたのは、よほどショックだったらしいですね。

司馬　乃木さんは吉田松陰の叔父で師匠でもあった玉木文之進という人の内弟子で、松陰の影響が強く、ものごとを考える場合、純粋化し、透明化する方角にのみ思考をかけてゆく癖があります。最後は自己否定しかありません。

岡　松陰の念が、最後に出たと思いますね。最後がいかにも自然だったから、夫人がついていったのだと私は思うのです。

日本人のやさしさ

岡　司馬さんに日本歴史全体を書いていただきたいですね。

司馬　六十くらいになったら書こうと思ってますが……。

岡　早くお始めにならないと。芥川がそれを書こうと思って始めたのだといいますが、書けたのは須佐之男命（すさのおのみこと）だけでしょう。芭蕉よし、万葉もよいが、次元の高さで超絶、絶対に類型を許さないのが古事記でしょうね。

司馬　古事記のすごさは上代人の心の律動の大きさということでしょうね。

岡　司馬さんがお書きになるのが一番適性でしょうね。古事記の一節でもよいから、あんな夢を見よ、といったって見られやしません。今は実に常識的な夢しか見られないのです。しかも、あの作者は日本民族なのですよ。個人じゃない。耳から耳へと伝えて、しだいに集結していった。あれくらい次元が高ければ矛盾は矛盾になりませんものね……。

司馬　格調が非常に高うございますからね。

岡　人々は、あの格調の高さがわからないのでしょうか。

司馬　知的に把握する癖がついておりますから。古事記のようなものは、自分の律動を古事記の律動になんとか合わせて感じとってゆきませんと……。日本民族が古事記の作者であるというのはすばらしいことですね。歴史は語らないと成立しないものです。語らないときには何もないのと同じです。個人にたとえると、せいぜい履歴書だけのことでございます。語られて初めて成立するものですから、語り手が必要なのです。ですから、「ネールの世界史」というのはありますが、ただ「世界史」というのは存在しません。だれそれの世界史は存在する。だから語られなければならないのです。

岡　全くそのとおりですね。民族が語らなきゃ。語りつ聞きつしなければ、真の歴史にはなりませんね。

司馬　ええ、歴史っておもしろいものです。しかし、通史というのはなかなか世に現われないものですね。江戸期ほどの教養時代でも通史といえば、頼山陽の「日本外史」一冊でした。

岡　あれは、まさに語り、聞く歴史でした。徳富蘇峰の「近世日本国民史」を読んでみましたが、一つも史眼を持ち合わせていない。司馬さんの坂本竜馬と比べて、あんまり違うので驚きました。読めば読むほどわからなくなるのと、一見すれば明瞭なのとの違いです。蘇峰のは、つまらんことがていねいに書いてある。が、必要な言葉は抜いてある。たとえば、神風連の奥さんが挫折後に自殺したと一行書いておいてくれたらよいのに、そんなことは歴史じゃないとして、書いていないのです。西郷さんを書くにしても、最後の城山の場面で、別府晋介と碁を打ちましたね。打とうとした手をやめて〝晋どん、もうよかろう〟と、介錯（かいしゃく）を頼みましたね。それをひとこと書いてくれたら、大西郷の心情がよくわかる。それなのに書いていないのです。

司馬　幕末、明治の日本人を知る上での大事なことは、あの当時の日本人が共通して持っていた心のやさしさということでしょうね。そのやさしさを書かないとものごとが出てこない場合があります。

岡　そうですとも。軍国主義などはのちの軍部がつくったのですが、明治の人は〝ここはお国を何百里〟という心情で戦ったのです。同胞全体を自分と見て、自分が犠牲になったのですから菩薩道です。菩薩道でしたから、非常に心が安定します。生きがいを感じます。やさしくなります。それを見抜けない人が明治の歴史を書くと、全体主義とか軍国主義にしてしまうのです。

司馬　日露戦争ごろまでの日本人はやさしい特質を持っていましたね。私は、このところ正岡子規を調べておりますが……。

岡　産経新聞に連載しておられる「坂の上の雲」を全く感心して読みました。正岡子規はおもしろいでしょうね。

司馬　子規は叔父さんの加藤恒忠を頼って上京してくるのですが、加藤恒忠はフランスへ行かなきゃならなくなって、友人の陸羯南（くがかつなん）に子規を預けるのです。子規は肺病にかかっておりまして、その肺病もリューマチ症状を伴う全身が痛む肺病なのです。痛み始めると泣かなきゃならんくらいの痛さなのです。陸羯南は、そのたびに子規の手をとって「おう、よしよし、わかった、ぼくがついてるよ、ぼくがついてるよ」というのです。そういうやさしさっていうのは、幕末、明治までの日本人のやさしさでございますね。なんともいえない心の明るさです。こういうものをとらえる場合、社会科学的方法でとらえることはちょっと休止させねばわからない。

岡　なるほど、ごくすなおなやさしさですね。理屈抜きです。

司馬　岡先生のおっしゃる神道的なすなおさというのでしょうか。私の使っている神道という意味は、神道という言葉すらなかったプリミティーブなころのそれですが……。

岡　神道はごくすなおです。神道には、おかしな理屈はやめちまってただ行為するすなおさがあります。私、いつもいうんですが、いまの人は少し抜けたところがなきゃだめだと。あんまり抜けたところがなさすぎるでしょ。ピッチャーをやるときにも抜けとれ、という意味じゃありませんよ。ピッチャーは責任重大ですから、抜けたらたちまちホームランを打たれますからね。なにかいまの人は、おかしなところで鎧（よろい）を着すぎます。それで、心から出るやさしさというものはないのです。心から出るやさしさが菩薩の心なのですがね。

無名の志士

岡　いまの人は、「日本が好きだ」「日本民族が好きだ」とどうして堂々といわないのでしょうかね。「日本民族が好きだ」というのは「いいところが好きだという意味で、悪いところが好きという意味ではないのである」とさえいえばいいのでしょう。だけど、それを示せとなると、書いて見せなきゃならんでしょう。古事記以後に、ほんとうにみんなが謳（うた）ったのは、さっきおっしゃった「日本外史」ですね。

司馬　そうです。あれ一冊しかありませんね。あれ一冊で幕末の日本人は日本史を知った。これは幕末史を知る上で重要なことです。

岡　幕末の日本人に楠木正成を胸にかざさせたのは「日本外史」の力です。

司馬　影響は大きゅうございますね。幕末ってのは、幸田露伴のいう表現を借りれば、たぎった時代でした。

岡　たぎった時代の行動を教えたものは「日本外史」だといえます。

司馬　そうでしょうね。そのたぎった時代は、たぎった時代として見なければわからないところがありますね。

岡　そうですよ。たぎった時代とは、道元禅師の有時(うじ)です。〝時、空ならず〟です。今のような時代は、ときはからっぽですよ。昭和元禄なんてのは、まあ久々の春だからいいようなものの、いつまでもこれじゃやたいくつする。〝憂きわれをさびしがらせる閑古鳥(かんこどり)〟で、曇天の頭痛みたいな生活になるでしょう。清涼剤が必要です。

司馬　幕末にこういう人がいるのです。無名の人ですが、この人が幕末の最もたぎった状態を表わしているので、私はよく話に出すのですが、その人は名前もどこの生まれかもわからない。何も残っていないのですが、文久三年の初めごろ、まだ花が咲いていない寒いころに、高杉晋作が将軍家茂を暗殺しようと企てました。彼はたいへんな権謀術数家ですから、おそらくそんな画策は実行できるはずはないと知っていながら、京都にいる同志たちを鼓舞する目的でそういう会合を持ったのだと思うのですが……。

岡　高杉晋作は、電気のスイッチのあり場所をよく知ってるんです。

司馬　よく知ってます。彼は、ある町家で長州の連中と会合していました。雨の日でした。そこへその無名の浪士が訪ねてまいりまして、「高杉先生いますか」と声をかけた。高杉が土間へ降りていって「何の用か」ときくと、「あなたは将軍家茂を暗殺しようとなさっているそうですが、私も加えて下さい」と頼むのです。高杉はそのとき、彼の電気のスイッチがどこにあったか知りませんが、木で鼻をくったような冷たい態度をとりました。「家茂襲撃は長州の人間でやるつもりだから、あんたのようなよその人の手は借りない」と断った。すると無名の浪人は、なにか勘違いをして自分を臆病者だと見くびられたのだと思うのですね。「おれが臆病であるかないか、高杉さん、いま見せてやる」というや、軒先へ飛び出していって、雨の中で立腹（たちばら）を切って自害して見せたのです。

岡　えらい男だなあ。

司馬　臆病であるかどうかを見せるために死んだのです。幕末のたぎった時代とは、そういう人間の出てくる時代だということで見てゆかねばならない。

岡　生きることは死ぬことだ、というのはほんとうなんですね。エッセンシャルは現世にとらわれてはならないということ。われわれなら歴史を調べなきゃ目の開かないことを、その人物は直感的に知っていたのです。それが高杉晋作をどれだけ鼓舞したことでしょう。その高杉晋作は、日本にどれだけ影響を与えたか、はかり知れません。

司馬　どこの人か名前もわからないのがおもしろいところです。

岡　高杉晋作に電撃的な鼓舞を与えましたね。高杉が権謀術数のつもりでスイッチをひねろうと思ったとたんに、あにはからんや雷が落ちた。

司馬　どうも、座敷でこう、ビールでも飲んでテレビでもながめているいまのこの場所から見ると、なかなかわかりにくい。

岡　たぎってました。もう一度、日本民族の潮が満潮になってきてほしいですなあ。

司馬　そうなりますでしょう。

岡　ここで日本民族の潮が満潮になるように、司馬さんあたりが助けて下さい。その影響はずいぶん大きいと思います。「若の浦に潮満ちくればかたおなみ」といけば、たいてい〝かたおなみ葦辺をさして〟となってきます。いま何が一番大事かというと、上げ潮になってくる民族精神を、本当に上げ潮にしてしまうことに力を貸すことです。明治以後、物質とか知の方面ばかり発達して、心の方面はしだいに間違ってきています。したがって行為の方面もだめになってきました。

司馬　つまり原理を失いましたね。

岡　神々がずいぶん骨折って演出されているのですが、どっと上げ潮になってほしいものです。

古事記の夢

司馬　禅についてはどういうお考えですか。

岡　禅の原理を詳しく述べられたのは道元禅師おひとりです。禅の理屈を教えてくれているのは「正法眼蔵」だけです。ほかにはたとえば白隠(はくいん)禅師ですね。白隠禅師は大悟をなさって、郷里静岡県のある町で住職をしておられた。豆腐屋の娘がいたずらをして子を生んだ。娘は父親にしかられるのを恐れ、父親が白隠に傾倒していたので、白隠の子だといったらしかられないだろうと思って、白隠の子だといった。ところが、父親は裏切られたと思ってよけい怒り、白隠に黙ってその赤ん坊を押しつけた。白隠も黙ってその子を受け取り、乳をもらい歩いて育てた。ある冬の雪の降る朝、白隠はかぜをひかないよう赤ん坊をふところに入れていたわりながら、歩きにくい道をいつものように乳をもらいに歩いた。その姿はみるからに神々しかったのです。娘はそれを一目見るや、父親に泣いて真実を告げました。この行為が禅だと思います。菟道稚郎子が自殺なさるのと同じものです。これは神道です。理屈じゃなく行です。行によって人を感銘させる、引き上げることが禅です。私はそう思います。発信は白隠でなければできないにしても、受信機がなかったら無意味です。そのレシーバーを生まれながらに備えているのが日本民族です。だから、日本における禅というのは神道と同じことです。神道は全然理屈を教えてくれません。禅もそうです。行なって見せるだけです。

司馬　それはよくわかります。ただ、禅というのは十万人に一人の天才の道でしょう。

岡　だれでも行なえるとは限りません。死んでみせるよりもむずかしい。

司馬　だから、十万人に一人の天才が禅で救われるかもしれませんが、ほかの者にはかえってやったことが悪く遺ってしまう。後遺症のように……。

岡　しかし、レシーバーを持っている者にどんどん感銘を与えることによって引き上げますね。娘は直接に、ほかの者は聞き伝えでも多少わかるのです。教化は遠近に及びました。禅とは崇高なものだと知るだけでもいいことでしょう。

司馬　白隠とは、覚者ですね。文字もよろしゅうございますね。

岡　実行派としては第一です。だから、原理を説明した道元と並べるべきでしょうね。日本には知的純粋直観が不足していましたね。白隠のは意的純粋直観です。崇高だと感じるのは法的純粋直観です。道元がわざわざ支那まで出かけていって学んできて「正法眼蔵」を書いたくらいですから、日本民族は知的純粋直観がよほどへたなのです。じょうずになろうとして、明治以後、犠牲を払ってその方面を勉強しつつあるのだと見るのが至当じゃないでしょうか。かりに司馬さんが、古事記をお書きになってお教えになるとすれば、やはり知的な方法ということになります。西洋より上に行くにしても、西洋に学んだ方法に違いありません。非常な犠牲を払って、日本の神々がそれをいまやらせているのではないでしょうか。神々のその要望におこたえになってはいかがですか。満州で死ぬところを助けてもらったのですから。

司馬　はあ。

岡　前世ではろくなことはしてないだろうけど、現世ではやがてよいことをするだろうということになってるのですよ、きっと。

司馬　そうでしょうね。先生はときどきお生まれになった紀見峠（きみとうげ）の夢をごらんになりますか。

岡　あまり見ません。私、むかし、ちょうちょうを採集するのに凝りました。その景色なら夢に出てまいります。

司馬　それはどのあたりの景色でしょうか。

岡　家の近くです。ちょうを採るのに真剣になった。やはり真剣になっておくべきです。別れに私を送ってくれた父母の顔とか祖母の顔とかは出ますね。これはだれだって夢に出るでしょう。景色というのはオオムラサキがとまっていたとか、アオスジアゲハがいたとか、そんな景色です。だから、やはり印象に残さなきゃだめですなあ。だけど、古事記の夢と比べたらなんと情けないかと思います。

司馬　古事記の夢を見なさらんこと久しいですか。

岡　ああいう夢はなかなか見られませんよ。いまの人はがんじがらめに縛られています。無理もないですよ。神代のような自由度はありません。縛られるために西洋から学んでいるようなものです。

司馬　古事記だけでなく、中世をも含めてあのころの連中は激情家ですね。

岡　室町時代から欲が出ましたね。

司馬　智恵が出ました。

岡　欲ですよ。だから、欲に伴う悪智恵ですよ。それが中世なら当たっています。上代というのは応神天皇以前です。

司馬　要するに、あの時代の人間というのは、たいへん、感情が激しいです。抑制がきかなかったのですね。

岡　抑制がきかないってのは、つまり天に逆らわなかったことでしょう。恋のことなどをいっておられるのでしょう。まことに清らかで、天理に逆らわなかったと思います。

司馬　そういう意味では清らかです。たとえば、嫉妬した相手を殺すまで嫉妬するという清らかさです。これがわからないと、あの時代はわかりません。

岡　全く、一念。やっぱり念ですよ。念が澄み切ってるから、そこまでいくのです。その念のなかはまことに清らか。悪智恵が働いていない。ところが、このごろは困ったもんです。智恵を働かせなきゃいけないといったら、悪智恵を働かす。悪智恵を働かせちゃいけないといったら、だれも智恵を働かせなくなる。ここをじょうずに教えるのが、文筆家や芸術家の使命でしょう。いま、日本が困ってくるのはそのためじゃありませんか。

司馬　そのためですね。ところで、岡先生のいわれる知は、近世からできるわけですね。近世になってから、人間が社会秩序や国家秩序に馴らされてと申しますか、獣を飼いならして家畜にするように、馴化されてきますね。

岡　国家秩序、社会秩序に馴らされて、人は家畜になったのです。

司馬　人が家畜になった。家畜が家畜のままならいいのだけれど、いまのところ、家畜が絆を解きほぐされてどうやっていいかわからない状態です。こういう世の中に人間が住まされたのは人間にとって初めての体験です。

岡　当然そうしてもらわなきゃ、進化の逆行ですよ。しかし、そこは教えてやるべきです。

司馬　上代では人間の生活はたいへんおおらかで、精神も清らかだったのですが……。

岡　そのかわり無秩序だったのでしょう。

司馬　いや、無秩序といっても、果たして無秩序なのかどうかわからない。

岡　秩序それ自体を自分で立てないで、神に甘えてすがっていたといえばよろしい。それが、自分でやらなきゃならぬ年ごろになってきたのです。そして、いろんな秩序を立てたらどうなったかというと、人が家畜になったのですよ。いまの日本人なんか、とりわけそうです。

司馬　とりわけ家畜ですね。

岡　全く同感でしょう。いま、福沢諭吉の自由いずこにありや、家畜に自由ありやといいたい。それを教え説くのは、司馬さんなんかが最適です。私なんか、理屈でいえるだけです。理のほうは、日本はいまこうだというところまではいえるのです。これは、文、理と分けて、文理分業でやりましょう。

総員ゲリラ

司馬　「放送朝日」という小さなパンフレットで非常におもしろい座談会を読みました。京都大学の動物学のグループの、アフリカでの未開人研究の話です。おもしろうございますね、その未開ぶりというのが。食べ物を干し肉にしたりする貯蔵の能力すらなく、そこまでの未開なのです。たとえば、十里先の河原でカバが死んでいる知らせがはいると、村じゅうでナイフとフォークを持って食べに行き、たらふく食べて帰ってくる。そんな未開ぶりです。若い学究が村の仲よし青年といっしょにジャングルを切り開いてカバを食べに行くのですが、その道中の対話が傑作なのです。文明人である日本の若い学者に対して村の青年が質問するのです。〝人生とは何だろう〟〝なぜわれわれはこのように生きているのだろう〟〝なぜわれわれはこのようにしてカバを食べに行くのだろう〟と、文明人なら答えてくれるだろうと思って質問するのです。すると、その研究者にはどちらがソクラテスかわからなくなってくるのです。つまり、向こうのほうがソクラテスなのです。

岡　そのとおりです。

司馬　ですから、ソクラテスやお釈迦さんは、未開の時代だったからこそあんな深い思索ができたのだという気がします。われわれは文明のなかにいることになっていますが、果たして文明なのか野蛮なのか、このごろわからなくなりましたね。

岡　それは非常におもしろいです。さりとて、未開へ行けと奨励するわけにいかん。だから、文士というものの使命がある。もしそうでなければ、文士とは溜り水に湧いたボウフラとしか考えようがない。

司馬　だいたいそんなところです。日本を守るためにどうすればよいか、ご参考のために申し上げます。私はタンクもいらない、ジェット機もいらないと思うのです。

岡　日本を守るとは国防ですね。

司馬　国防です。毎日日本の歴史のなかで暮らしているようなそういう暮らしのなかで感じたことですが、非常に不思議なことが何回かあるのです。天正十年か十一年ごろ、フランシスコ・ザビエルが戦国のまっただ中の日本にやってきましたね。薩摩の坊津に船がはいってきます。その船はスペイン王がスポンサーになっておりまして、艦隊はザビエルを陸に上げれば、一週間ののちに風を待って出て行くという段取りでございました。ザビエルには、スペイン王に対して一つの義務がございました。スペイン王は、ザビエルに対して日本を侵略したいから様子を偵察せよといいつけてあるのです。

岡　そんなことをいったのですか。

司馬　でないと、大金をかけて艦隊を仕立ててザビエルを送り込むはずがございません。ザビエルとしては、スペイン王に報告を書く義務があった。それで、ザビエルは薩摩の坊津という漁村で見た、日本人のありさまを手紙に書くのです。その手紙は、いまわれわれが読んでも気恥ずかしいほどほめてあるのです――日本人は非常に名誉を重んじ、廉潔で、怜悧(れいり)である。彼らは十三、四歳から刀の術を学んで、かりにも恥ずかしめを受けると、たちまち闘争に及ぶ。これは恐るべき民族である。侵略してはいけない。うっかりスペイン軍隊を送ったところで、内陸戦になれば負けること必定――と書き送ったのです。

岡　それは本当でしょうね。ただ、日本はいつもそんなに強いときばかりがあったとは限りませんが。

司馬　元禄のころになって、その手紙がフランスで出版されたのですね。

岡　ときもあろうに元禄時代にね。

司馬　元禄時代にはるかなる場所で出版されまして、それが幕末にやってくる各列強の外交官の日本知識の源泉になっていたのじゃないかと、私は思います。

岡　それにしても、ペリーのくれたアッパーカットはきつかったですね。読まなかったのかな。

司馬　ペリーは読んでいなかったかもしれません。その当時の攘夷浪士が攘夷の名のもとにずいぶん人を斬りますね。私、それは無意味だと以前は考えていたのですが、このごろになって、それがあったから外国が侵略しなかったのだと思うようになりました。つまり、うかうか侵略して内陸戦になると、たいへんなことになるということですね。

岡　たしかにそうだったですね。生麦事件が、そもそもイギリスをして薩摩と手を握らしめたもとです。あのあと、まだ無鉄砲な戦いをやったものですから、なおさら手を握ることになった。

司馬　生麦事件後の薩英戦争でも、イギリスの艦隊司令官が勝手に戦争を始めたものですから、イギリス政府は司令官に対してしかっております。日本と戦争するような権限を君に与えたことはない。戦争をするな。うるさいことになるとね。

岡　それがザビエルの手紙の影響なのですか。

司馬　はっきりとはわかりませんが、日本人がうるさいことは相当拡まっていたのじゃないですか。日本人は非常にうるさい。まかり間違うと、内陸戦でこっちがやられる……。

岡　そりゃそうですよ。オール・オア・ナッシングのナッシングで立ち向かうのは日本人だけです。向こうのほうは、オールによりかかって立ち向かってくる。

司馬　それが、案外日本を列強の侵略から守らしめたことになるだろうと思います。とすると、いま日本列島を守るのに、なまじっかわずかな兵隊やジェット機や戦車をそろえるよりも、もし外国人が侵入してくれば、総員ゲリラになるだろうということになるかもしれませんね。

岡　そうそう、そのとおりです。

司馬　総員ゲリラの可能性、民族的気配を外国人が感じれば、攻めてこないでしょう。

岡　日露戦争に勝って以後、こいつ、うるさいというのでアメリカに目をつけられたのですね。あのへんでじっくり自らを知り、敵を知るべきだったのです。

司馬　大東亜戦争に踏みきったのは官僚です。軍人、文官を含めての官僚です。官僚が戦をやって勝てるはずがありません。

天皇の性格

司馬　岡先生、天皇さんというものは政治をなさらんほうがよろしゅうございますね。大閤以来、やっぱりそのほうがようございますね。

岡　〝太上、徳をたつるあり〟これをやっていただきたい。あとは〝言をたつるあり、行をたつるあり〟となる。〝太上、徳を立つるあり〟を自らやろうとすると、徳にはならずボスになります。

司馬　後醍醐天皇のようにね。

岡　ええ、ですから「夕されば高角山に鳴く鹿のこよいは鳴かず寝ねにけらしも」(舒明天皇) こうなればいいのです。

司馬　政治をなさらないのが日本の天皇さんだと思うのです。大神主さんであって、中国や西洋史上の皇帝ではなかった。あの存在を皇帝にしたのが明治政府ですが、どうもまずかった。

岡　信長は、うまくいったら自分がボスになろうとしました。秀吉は、うまくいったら自分がボスになろうとしました。家康は、うまくいったら自分がボスになろうとしました。では、なぜ、神々が家康に天下を任せたか。ひどい利己主義だから自ら崩れると神々は思った。それで明治維新にきた。憲法を発布し議会を開いた。そこまではいいのです。ところが、トリビアル、アビリティを使わない方を上に置き、エッセンシャル、たいせつなことと、トリビアル、つまらぬこと、この見分けのつく人が補佐すべきだという根本原理を忘れてしまったのです。上に立つ方は、無である方がよいのです。

司馬　無であるというのが日本史上の天皇ですね。

岡　無であるということは、武士であるということを不可能にすることです。その下には、エッセンシャルとトリビアルとの見分けがはっきりわかる人を置くべきです。天皇に生まれるというのは、神がそこへ置くということです。天皇の位に生まれると、できることは何もありません。好きなこともやれない。その下で、司馬さんは司馬さんのやりたいことをやり、私は私のやりたいことをやるほうがいいでしょう。天皇に生まれようとは思いません。これは血統じゃない。人というのは不生不死だから。つまり、血統を借りて生まれます。天皇とは、私の言葉では、神がそこへ置くのです。そんな位置に置かれたら何もできない。無でなきゃいけない。全くの無でなきゃいけないでしょ。人は、その人、その人に応じてエッセンシャルを行なえばいいのです。エッセンシャルには個性があります。それに応じてやればいい。こういうことを歴史で教え、教育に取り入れたら、そんなふうに選挙でりっぱな人が選ばれます。すると、いまの憲法や議会政治のもとでもうまくいくと思います。

司馬　そうでしょうね。明治以後の天皇制は日本の自然な伝統からみると間違っていますね。

岡　信長はよくやってるんだがボスになる。秀吉もよくやってるんだがボスになる。いくらやっても、結局ボスになる。この傾向を除き去ることはできないでしょう。それゆえ、天皇は是非いるのです。私は、そういう見方をしています。

司馬　それはたいへん結構ですね。

岡　書きにくいのですがね。私はそう思っております。全く無の人をそこへ置くべきです。

司馬　老荘のいう無の姿が、日本の天皇の理想ですね。〝無為にして化す〟……。

岡　老荘のいう無であって、禅のいう無ではすでに足りません。禅のいう無はその下に置くべきです。〝無為にして化す〟全くそのとおりです。

司馬　自然と日本人の心の機微が天皇というものをうんだのですね。

岡　しかしね、この意味は匂わすだけでなかなか書けないのです。あんまり機微に触れたことは書けません。

司馬　よくわかります。

岡　わかっていただけるでしょう。それとなくいうのが一番いい。全く無色透明なものを天皇に置くのが、皇統の趣旨です。これなくしてはボスの増長を除くことはできません。

司馬　是非いりますね。一番よくわからないのは、右翼的な考えにおける天皇制。あれは間違いですね。日本の本質をわきまえておりませんね。

岡　本当の忠君愛国ができなくなる。

司馬　実に害を及ぼしました。山県有朋がロシアの戴冠式に日本代表として参列しました。皇帝の荘厳さを装飾することにかけてはロシアはものすごいものでして、山県はすっかり参ってしまって、日本の天皇もこうなくっちゃいけないということになったのです。

岡　ばかだなぁ。

司馬　こういう連中が出てきてだめになってきたのです。日本の天皇は気の毒なことになってきたのです。

岡　明治維新のために必要になってきたのでしょうが、国学者の平田篤胤（あつたね）、あそこから間違ってきていますね。また宋学の尊王攘夷の王というのを日本の天皇にあてはめた朱子学、陽明学の徒もやはり間違っている。しかし、平田篤胤がもっともいけません。

司馬　平田篤胤は困る。

岡　明治維新のために、天皇を標語のように昂揚しなければならなかったかもしれませんが、日露戦争がすんでからはやめてしまえばよかった。

司馬　明治維新のときでも、平田門下がどれだけ働いたかは疑問ですよ。

岡　働いたのは平田門下じゃなく、むしろ楠木門下でしょうな。

司馬　結局、平田門下の国学者は一グループ働くのですが、島崎藤村の「夜明け前」の主人公をみても想像できますように大した働きじゃありません。

岡　本居宣長は万葉を調べ、真剣に古事記を調べた。これは道歌でしょう。「敷島の大和ごころを人問はば朝日ににほふ山桜花（やまざくらばな）」とつかみ出しているのは、さすがに偉いと思います。ただ「敷島の大和ごころ」がすでにいいすぎ。古事記というのは、そんな簡単なもんじゃありませんよ。それを平田篤胤は「天照大神は、あれ、あそこに見える太陽、その子孫が、これ、ここにある万世一系の皇統」とやったのです。これは完全に自然教です。

司馬　平田新興宗教です。

岡　新興宗教ですね。過激派があれによって動いたかな。

司馬　明治維新に平田国学のグループはおりましたが、大きな働きはせずに終わりました。

岡　明治維新ではかりにそうであったにせよ、明治の政体、並びに大正、昭和にはいってからの軍部の動き、これみな平田流の作文によって動いたのです。影響は大きいなあ。

司馬　ここで正確にいっておきたいのですが、平田篤胤自身は幕末も明治維新も知りません。それ以前に死んでいます。門弟しか幕末を知らない。門弟は幕末では……。

岡　何もしてませんか。

司馬　ちょっと変な、いまの三派全学連のようなことを一つ二つしておる程度です。

岡　三派全学連にどこやら似てるな。

司馬　似ています。たとえば、京都洛北の等持院にある足利将軍歴代の木像の首を切った。それ以外は、あまり現われていない。明治になって、彼らに報いなきゃいけないというので神祇院をつくったのです。神祇院をつくりまして、神祇院に平田門下を全部入れました。神祇院で神主さんのことを取り扱わせる。ところが、神主のことをやってるだけでは満足しなくて、廃仏毀釈(はいぶつきしゃく)を実行したのです。それは明治政府、最大のミスです。

岡　廃仏毀釈をすれば、神道を説明する言葉がなくなってしまう。

司馬　仏によって神を説明していたのですからね。

岡　そうですよ。そのために聖徳太子が仏教をお取り入れになったのです。

司馬　神道はボキャブラリイを失ったわけですね。

岡　ボキャブラリイがないわけです。あと、お稲荷(いなり)さんだの、なんだのいっても、全然神道にはなりません。

仏教放談

司馬　私の祖父は数学のスの字の段階ですが、和算をやりました。

岡　あれは大したものですよ。

司馬　あれは剣術の試合と同じで、額を上げるのです。姫路の郊外の生まれですが、和算の大先生がたとえば三条大橋の湾曲度を調べて円の大きさを出せと、問題を出して大試合をするのです。

岡　いまの人はそんなこと何の益ありやという。

司馬　答の合った人は、お宮に額が上がるのです。私、一昨年姫路へ行って、その額の上がったお宮へ詣ってきました。姫路の南方の郊外の広という村です。

岡　いい場所ですねえ。小山がたくさんありますねえ。

司馬　私の先祖は代々四百年、そこに住んでいました。本願寺の門徒です。私は祖父を見たことないのですが、非常に好きです。

岡　それはまたおもしろいなあ。祖父は見たことないが、非常に好きだとは。実におもしろい言葉だ。

司馬　日露戦争あたりまでチョンマゲをつけてたのです。明治五年ごろに大阪に出てきてお餅屋さんになった。難波のちょっと南側のところで、お餅とかおかきを売ったわけです。日露戦争のころになって、家が左前になる事情がおもしろいのです。その当時、安い台湾米がはいってきました。祖父にしてみると、台湾米をお餅やおかきに入れて売るというのは、舶来品を売ることになる。舶来もん売ることはよくない。それで台湾米を混ぜないためにコスト高になって、もうからなくなったのです。チョンマゲをつけてたのですから、土俗的な攘夷主義者ですね。私は祖父の生まれた村を知らなかったので、一昨年行ってみたのです。広村に着いたときはまっくらでした。尋ねて行くと、その天満宮があった。その天満宮に玉ぐしがあって、祖父の名前が彫ってあるということしか知らなかったのですよ。境内は全くまっくらなんです。玉ぐしが千ほどあって、祖父の玉ぐしなどとても見つからない状況でしょう。ところがです、懐中電燈をパッと照らすと、そこに私の祖父の名前があったのです。祖父と孫の私は、懐中電燈をパッと照らしたそのときに初めて対面したのです。不思議に思いましたね。懐中電燈を照らすと、祖父の玉ぐしが出たのですからね。私は神秘論者でもないし、怪力乱心を語る者じゃありませんが、奇妙な感じがしましたね。その人のことが気にかかってならず、調べているうちにそういう妙なことに出くわすことがときどきありますね。小説の素材の場合でもそうです。気にかかって調べているうちに、いくつかの不思議なことがありますね。もっともこういう不思議さは座興にはできても溺れると、小説は書けません。それを突き放さなきゃいけません。

岡　司馬さんはさっき、〝無為にして化す〟、老荘が政体に表われているのは日本だけだとおっしゃった。うまいことおっしゃった。大した文才です。書けるはずだ。禅は天才の道だとおっしゃったのはどういうことですか。

司馬　私、新聞記者をやってましたとき、宗教が受け持ちという妙なことでした。まだ若い二十歳代のときに、お寺を回らされました。禅坊主にもずいぶん会いましたが、ほとんどが常人より悪い。常人のほうがましなのです。うどん屋のおやじとか馬力引きとか、タクシーの運転手のほうが、いっしょうけんめい働いて、この盆暮をどうしようかと思って暮らしている人たちのほうが、はるかにましなんです。禅坊主ってのは、なんでこんなに悪いのかと思った。禅そのものが悪いというふうにストレートに受け取ってもらっては困りますが、天才の道を常人がやるとひどい俗物になってしまうという感じがしますね。禅には八方破れの面がありますが、これを悪用すると、自己弁護ができるのです。禅宗の坊さんが、いろんな悪いことしても、これにはこういう理屈がつくのだといって、禅的に理屈をつけることが多いのです。禅とはそれそのものはたいへんなものですけど、これはやはり生まれついた人間がやらなければいけませんね。道元、白隠にしてやれることであって、あとは死屍累々ですな。

岡　まあ、せいぜい一万人に一人。

司馬　その割合はあるいは甘いかもしれませんね。十万人に一人です。

岡　禅に限らず、僧侶は十万人いる。ところが本物は百人だと、法華寺の前管長橋本凝胤もいっています。

司馬　そんな割合なら、うどん屋の同業組合のなかで選べますからね。

岡　選べますとも。巷にそのくらいはおります。

司馬　だけどお坊さんを改悛させて俗人にしなきゃいかんことが、岡先生のご任務じゃないでしょうか。奈良に住んでらっしゃるから。

岡　仏教廃止にしましょうか。

司馬　仏教廃止もよろしゅうございますね。えらいところで共鳴してきたな。

岡　でも、いろんな仏たち、たとえば法隆寺でいえば救世観音、新薬師寺の十一面観音、みんな残さなきゃいけません。

司馬　仏たちは尊うございますからね。お坊さんと仏たちとは違うんだから。

岡　くそ坊主は追い払いましょう。お前たちにはご用ずみだ、迷信と葬式仏教によって食べていこうとするな。

司馬　岡先生はときどき念仏を唱えられますか。

岡　唱えます。光明主義は本物です。

司馬　光明主義は法然さんから出ているのですか。

岡　いや、全然。法然のは「あみだぶつというよりほかは津の国の浪華のこともあしかりぬべし」です。私にいわせれば、何を勝手な横車。「一つ山越しや他国の星の氷りつくような国境(くにざかい)」と思っています。あんなものはいけない。私がまっこうから反対しないのは、いまだいぶおとなしくなって無害になっているからです。法然、親鸞、みないけません。

司馬　ほう、なかなかすごいですね。

岡　光明主義というのは、「人類は、二十億年前単細胞であった。それがここまで向上してきた。これは偶然ではない。如来光明によるものだ」というのです。「からだの向上はこれでよい。これからは心の向上だ」というのが光明主義です。

司馬　すると親鸞のいう往相(おうそう)と還相(げんそう)のうち、還相を尊ぶわけですね。

岡　親鸞が何をいったか知りませんが、彼は法然の流れをくむ者です。私は無視しております。認めません。

司馬　私は、親鸞の宗旨を何百年も信じてきた家系のせがれですが。

岡　神国という仏国土、日本へきて勝手な横車です。ともかく親鸞は法然の流れをくむ者。その法然は「あみだぶつというよりほかは津の国の浪華のこともあしかりぬべし」です。これは排他主義です。三十万年来、日本は神国という仏国土であって、義理もあれば人情もある。いまさら、法然のいう浄土へひとりのこのこと行けるものか、と私は思います。その流れをくむ者が親鸞ですからね。認めません。ただ、あと回しにしているのは無害だからです。害があるのは創価学会。これは放っとけません。全体主義です。

司馬　あれは仏教とは非常に違ったものです。

岡　日蓮上人をまねているが、日蓮は日本の国体をよく知っていました。創価学会は知らないらしい。やり方は全体主義です。こいつは危険です。歴史の非常時点においては薬師如来のごとく行ない、正常時点では阿弥陀如来の如く行為せよ、というのが仏教だと私は思っています。神道は実践しなければ意味がありませんからね。その神道の原理を説明するのに仏教は役立つ。善行を行なうことによって人を感銘させ向上させるのが神国日本の菩薩道です。善行を行なえば人は感銘しますよ。この国の人はレシーバー持っていますからね。感銘すれば向上します。

防衛論

司馬　今日、われわれは防衛という問題を考えずにはおれないのですが、私のような、そういうこととは無関係な生活しておる者でも、なんらかの考えを持たねば暮らせないような時代になっています。ところが、いくら考えてもわからないことがある。少し話が誇大になりますが、日本を防衛するといっても、どこまで防衛するのかというリミットの問題が生じてきます。幕末にいい例があるのでお話しします。幕末のインテリのなかで代表的なのは薩摩藩主の島津斉彬（なりあきら）です。たいへん傑出した人で、オランダ語、支那語もできた人です。彼がいろんな世界情勢をふんまえた上で、日本の防衛論を立てるのです。それがまたすごいもんです。日本は列島だから防衛できない、外へ行け。出て行く以外に防衛はないというのです。九州の大名はニュージーランド、オーストラリアへ行け。中国の大名は支那本土へはいれ。東北の大名は沿海州から満州へはいれ。支那本土は、太平天国の乱で大半が荒らされ、混乱につけ込んで列強が分け取りするだろう。日本にとっては脅威になる。それゆえ、支那本土を囲む態勢を取れというわけです。すると、斉彬と同じく幕末の傑出した大名で佐賀藩の鍋島閑叟(かんそう)が、明治元年鳥羽伏見の戦が終わって京都へ上るべく大阪の宿で泊った。そのときに、たまたま新政府は都を京都から大阪へ移すらしいというニュースがはいった。鍋島閑叟はそれは間違っておる、東北に移すべきだ。できたら秋田に移すべきだ。会津藩その他を攻めずに会津を旗頭にして東北諸藩をして沿海州から満州へはいらしめよ、というんですよ。

岡　しかし、それは侵略思想ではないんですね。

司馬　ええ、この鍋島閑叟にしても島津斉彬にしても、侵略思想は皆無なのです。蘭領インドシナの石油を取ってやろうとか、そんなことは思ってないわけです。大東亜戦争のときのように、軍需資源をおさえる意味での進攻作戦ではない。この場合は地勢的防衛思想です。非常にかわいらしいような話ですよ。野心がなくて実験室的に話しているのですから。それゆえにこそ、いま傾聴すべきです。というのは、防衛にこだわりすぎると、そこまでまたやらねばならない。日本列島の宿命として、外へ出て行くよりしょうがない。むろんわれわれはすでに教訓を知ってるわけですから、やりませんがね。おまけになまはんかな防衛は金が高くつく。たとえば、昭和十年代で戦車は三十五万円、戦闘機が七万円、爆撃機が二十万円でした。いま三菱で造っている自衛隊の戦車は三億いくらです。この間チェコへ侵入したソ連の戦車は一台二十億円はしますでしょう。

岡　ほう、戦車ってそんなにするんですか。

司馬　ええ、それがチェコへ四千台行ったそうですから、たいへんな金額のものが行っている。そういう金はとても日本にはありませんし、イギリスにもない。フランスにもない。そうすると、今日の軍備はアメリカとソ連しかできないことです。そんなに金のかかるのなら、いいかげんにやめたほうがよいと思います。これは現存するものをつぶせというのではない。いまの自衛隊程度は置いておく。侵略を受けた場合はどうするか。侵略を受けたらよろしい。敵兵を上陸させたらよい。そのかわりに敵をただでは帰さない。つまり、個々にただでは帰さないという度胸と大勇猛心があればいいのです。日本人はそれを持っているということが、他の大国にわかればやってこないです。それを自然とわからせたい。

岡　日本人は気が向かなきゃ働かない国民だということも、よくわからせてやったらどうですか。資源もないし占領してもしょうがないことを。

司馬　わからせてしまえば、また無意味なことで、そこに矛盾撞着はありますがね。

岡　おもしろい防衛論です。大賛成です。

司馬　私のは、こうせよという結論のない話なんです。いまのところ、そこまで考えてポツンと切れているのです。いまの話とつながりがありますが、徳川時代に朝鮮から通信使というのが定期的に幕府へ来ていました。朝鮮の最高のインテリが大使となってくるのです。そのたびに、日本のインテリたちが待ち受けて筆談で語り合うのです。そこで朝鮮のインテリが、日本人というのは警察官がいなくてもすむというが本当かとたずねています。罪を得た日本人というのは、警察官の手をわずらわさずに自らを消す。腹を切って死んでしまう。だから、警察官というのは必要ないんじゃないか、と。こういう話を聞いているが本当なのか、とたずねるのです。さすがの徳川幕府の学者もあわてましてね。それは違うんだ、それは薩摩藩だけだ。ほかのところはそうじゃないと答えています。だが、その話は朝鮮、支那、ヨーロッパにかけて相当広まっていたのです。でも薩摩藩には、一番日本人らしい日本人が温存されていましたね。幕末にも鎌倉の気風のあるところでした。

岡　もっと昔の〝みつみつしい久米の子ら〟ってとこもありますね。

司馬　そうです。久米の子らとか隼人とかの心映えが薩摩にはあったのです。とにかくいまの朝鮮の通信使の話にしても、原日本人的な感じがするのです。それが誇大に世界に伝わってくる。伝わっているがゆえに、うかつにさわっちゃいけないぞ、火傷するぞという警戒心が外国人に生じます。それだけでも効果がありますね。

岡　イギリスがそれでしたね。薩摩は朝廷自体の側近じゃないが、御盾となるのですね。容易に立ち上がらないけれども、食いついたら離さないブルドッグのようなものです。イギリスはそれを知ったのでしょう。皇室の御盾であって、皇室の近親でないことは西郷隆盛を見ればいいです。さっきも申しましたが「晋どん、もうよかろう」といって死んだ。言葉の語尾がいかに大事かということです。

司馬　人間を書くのにむずかしいのは、そういうところです。西郷隆盛という人はなかなか判断しにくい人ですからね。

岡　人心の機微は、言葉の語尾にありますね。ひとりの機微を知れば、だいたいの帰趨がわかる。それが史眼です。

司馬　幕末の列強にしても、なぜ日本へ接近してきたか、一番の理由は何かを考える必要がありますね。彼らがほしかったのは金でも資源でもない。港湾なのです。港というのは非常な資源です。当時の蒸気船は二十日走ればもう石炭がなくなるのですよ。石炭がなくなるから港が必要なのです。港があれば、たとえばもっと大きな捕鯨船なら、もっとたくさん鯨が獲れる。ですから、日本が港を開けば、アメリカの捕鯨会社は北氷洋へ行けます。港は大きな資源です。金とか鉛とアンチモンがなくても、港がほしかったのです。歴史にたくさんの資料があります。とくに近世にあってはそうです。たくさんの資料や人物のなかから、百に対し一を書かなければならない。何が百を負うに足るほどの一であるかを発見するのが、歴史家の仕事です。

岡　史眼とは、そういうことにあることを蘇峰などは知らなかったわけですね。

司馬　徳富蘇峰の前に山路愛山がいました。この人はもっと評価されてよいと思うのですが。大正初年ですか、あの時期にあんな仕事してるのは不思議なくらいです。旧幕臣の子孫でして、お父さんは彰義隊に参加し、箱館へと行った。当時彰義隊に参加した人は、なかなか逮捕がこわくて家へ戻れない。愛山のお父さんも明治十九年になって裏戸を叩いて戻ってきたというのです。愛山はお祖父さんに育てられたのです。お祖父さんは幕府の数学者で天文方でした。関孝和の何代目かの弟子で、浅草にお屋敷があって天文方に勤めていました。先祖は、例の賤ケ岳で加藤清正に首をとられる山路将監です。その家系がやがて徳川に仕え代々数学者でした。愛山の歴史学は、非常に経済的で数学的な史眼があり、しかも叙情がある。ただ一つのウイークポイントは、徳川家康に対してだけは、家康とはいえない、家康公といってしまう。幕臣の子だからそうなるのでしょうね。

岡　三英雄のうちで、家康だけは英雄というのはいやなくらいです。そんなに身びいきに盲目になったらしょうがないなあ。

司馬　身びいきじゃありません。やっぱり三百年の禄です。お扶持をいただき、自分の先祖が十五代ご飯を食べさせてもらったというね。

歴史のおもしろさ

司馬　歴史を調べているといろいろなことがわかりますが、人の恨みって恐ろしいですね。

岡　情けないことだけどありますね。恨みは長く残るということ。

司馬　長州藩にしても、関ヶ原で敗れるまでは、中国地方の王様くらいの禄高があったのです。

岡　十二国を領していた。

司馬　それが防長二州に押し込められ、お城も瀬戸内海の海岸はいけない、日本海岸に設けよ、ということになって萩に行ったわけです。十二州が二州になっても、それまでの家臣はついてくるわけでしょう。たいてい無禄でよろしゅうござんすといってついてくる。防長二州でははちきれるような人数になった。彼らに対していちいち手当が出せない。彼らは野山を開墾して食べた。それぞれ自分の家系がありますね。おれのところは先代まではゆうゆうと食べられた。いまは野山を切り開いて耕す身の上だが、これはみな徳川家のせいだ。徳川がこうしたのだ。いわば、食い物の恨みです。これが長州では先祖代々伝わった。長州の人間は足を江戸に向けて寝るという伝説ができたのは、その恨みからです。歴史というのはおもしろいですね。

食えないから干拓する。瀬戸内海沿岸の干拓をいっしょうけんめいやって米を穫ろうとする。自ずから働き者ができます。干拓だけではなく砂糖、紙、樟脳などの産業にも力を入れました。するとと産業国家ができ上がってくる。今度は現金ができるわけでしょう。ですから商売の感覚ができるわけです。商売の感覚ができたら、天下国家がわかる。百姓は天の理のみしかわからないが、商売だと天下国家がわかる。するとと、そういったいろんな要素がミックスされて、幕末の長州ができてくるわけです。歴史とは恐ろしいもんです。

岡　長い目で見たらわかるものを、短い目で見るからわからんのですね。

司馬　そうです。長い目で見たらパッとわかることがある。恨みの別な例をあげると、土佐ですね。土着の大名長曾我部（ちょうそかべ）は、関ケ原で敗れて徳川家につぶされ、山内家がはいってくる。土着の百姓、漁師に至るまで土佐の人は長曾我部の遺臣のつもりで、駿河の掛川からきた山内家に反抗心を持っています。

岡　たった五万石から二十四万石になった成金ですね。

司馬　それが非常に積もってゆくわけですね。上士と郷士の階級闘争ができてゆく。そして、その階級闘争の図式であてはめる以上に怨念（おんねん）というものを徳川幕府に対して持つわけです。それが土佐では他国にない思想を生むもとになります。明治の自由民権運動の思想を生むにいたるのです。ですから、何事もむだにはできていないわけです。長曾我部が滅びるのは、自由民権運動が起こるのと結びつきがあるわけです。

岡　坂本竜馬もそうですね。

司馬　そうです。ドイツ人の原型だってそうですよ。私はスラブに興味があって、スラブの歴史をできるだけ調べることにしてるのです。そのうちに、自然にゲルマンの人間がスラブの世界にはいってくる姿もわかってきました。ゲルマン人というのは強いですね。強い理由は、あの野蛮な時代に、ゲルマンだけはモラルがあったのです。野蛮時代には夫婦のモラルなんてなくて、いいかげんな線でくっついていたのですが、ゲルマンはきちんとしていたのです。法律が好きで、つくり上げ、守っていく。現在のドイツ人の原型はすでにチュートンの森をうろついていた狩猟民族に認めることができるのです。習性の影響力は大きいものです。

岡　そういう原型を持っていたとすれば、胡蘭成さんの言葉を借りれば、彼らには悟り識が開けていたのだと見るほかないでしょうね。

司馬　スラブを考えてみておもしろいのは、チェコ人にはロシヤ人が理解できないだろうということです。自由化しようとしてチェコ人はソ連に反抗しましたね。

岡　このごろのチェコは見上げたものです。

司馬　チェコ人に理解できないわけは、やはりもとを尋ねなければいけません。それはスラブ人はギリシャ正教で、チェコ人はローマン・カトリックだったからです。同じキリスト教でも、一方は比較的文化の低い中近東に流布したギリシャ正教の、っまりネストリウスの派ですね。それはコンスタンチノープルを宗教的主都としてあったものです。それと、ローマというヨーロッパ文明のまっただなかにあったローマン・カトリックとの違いを見なければいかんと思います。

岡　宗教はものを見る場合に重要ですね。

司馬　宗教はおろそかに見逃せませんよ。チェコはローマン・カトリックなのです。ローマン・カトリックはヨーロッパ文明とともにあるものです。ところが、ギリシャ正教を経てロシヤ革命が成功してからでも、ロシヤは宗教を否定していますが、ものの考え方はどうしてもギリシャ正教です。ギリシャ正教はガリレオと対決したこともない。マルクスと対決したこともない。プロテスタントを生んだこともない。歴史的に停頓（ていとん）した宗旨なんです。宗教性を考慮しないと歴史はわかりませんね。私たちがロシヤ人を知ろうと思えば、ギリシャ正教の教会へ行ってステンドグラスを見たり、神父さんのお祈りの姿を見たりしなければなりません。私、京都におりましたとき、よくギリシャ正教の教会へ行きましたが……。

岡　やっぱり文士だなあ。私はドストエフスキーは神秘だとまではわかるのですが、ギリシャ正教の教会まで見に行かない。

司馬　やっぱり不思議なもんでございますね。仏教でいうお荘厳（しょうごん）、飾りものですね。お荘厳とか儀式というものが、真実への到達の道だということもわかりましたね。理屈じゃないです。教会で荘厳な儀式をやってるなかで、真実がときどきひらめくものだということしかありません。そういうお宗旨です。それだけのものですが、それはまた、はかりしれぬ大きなものです。ところが、ローマン・カトリックはうんと理屈を出してくるゴッドです。トーマス・アクイナスのような偉い理屈屋がおりまして、うんと理屈をいって神さまが出てくる。いまでなら、バルトというような神学者が出てきて、うんと理屈をいう。それでゴッドがやっと出てくる。ところが、ロシヤ人が信じたギリシャ正教というのは、儀式をやってるうちにキラッとひらめくと神さまが出てくる。

岡　それだったら、行為によって純粋直感を表現するという形です。

司馬　そういうところがロシヤ人のわかりにくいところです。

岡　日本人と近いんじゃないかな。

司馬　案外近いかもしれません。

岡　日本人は、行為によって行為を行為で受ける。言葉ではわからなくても、わかってる人には感銘だけが残る。

大和古事物語

司馬　古事記はむずかしい。天がきょうは澄んでるなあというようなことが感じられる心とか、春になって草が萌えてきたぞというようなことがわからないと読めないものですね。

岡　春になって草が萌える、陽炎（かげろう）が立つ。これを知らないものは生命を知らないものです。

司馬　私の母親は大和の葛城（かつらぎ）郡の竹内という村の生まれで、私は子供のころ、そこで育ちました。葛城山のふもとから大和盆地を見ると耳成山、天の香具山、畝傍（うねび）山が霞（かす）んでおりまして、子供心にこんないいところ日本にないんじゃないかと思ったんですよ。

岡　私は大和三山を詳しく知りませんが、非常に細かく見分けがつけられていますね。

司馬　ええ、それにいろんな人格を想像しておりますね。

岡　日本民族はデリケートな神経を持っていたのです。

司馬　私の育った村の街道が竹内街道といって、大和の三輪神社の場所から発しております。あれは土着の神様で、神武天皇以前からある神様です。おそらくは土着の酋長の帝都だったのだろうと思われます。街道はそこからまっすぐに人工的につけられたのだろうと思いますが、西に直線的に向かい、葛城山を突き抜けて行きます。難波の津へまっすぐに行きます。難波の津には朝鮮からきた船が浮かんでおり、文物がその道を通って大和へはいる。まあシルクロードみたいなものですね。

岡　実際そうでしょうね。三輪明神は伊邪那岐命（いざなぎのみこと）、伊邪那美命（いざなみのみこと）ですか。

司馬　そうじゃありません。大物主命（おおものぬし）。

岡　大国主命（おおくにぬし）とまた違うのですか。

司馬　同じだともいうのですが。大きな大地の主という程度の意味です。国津神（くにつかみ）の大親玉、ボスです。

岡　あんなところに国津神のもとがあったんだなぁ。外来文化受け入れは、天津神（あまつかみ）というやさ男を国津神というしっかりした女性が受け入れたことになるのですか。

司馬　受け入れておりますね。天津神と国津神のけんかは非常に少のうございますね。こんなことをいうと誇大妄想狂に見えるかも知れませんが、その当時、といってもいつの時代かわかりませんが、その当時天津神の村と国津神の村が隣りどうしでした。天津神の村はインドネシヤ語を話していたのか、国津神の村が朝鮮語を話していたのかはっきりわかりません。つまり、朝鮮語といっても朝鮮の言葉ではなくて、ウラルアルタイ語族に属する言葉を国津神が話し、南方のポリネシヤ、インドネシヤの、ネシヤのつく言葉を話すのが天津神。

岡　どうも天津神は南からきた感じです。

司馬　それがそうともいえない。言葉に出すと間違ってしまう世界です。言葉に出して説明すると、いや、それはちょっと待て、と異論が出る世界です。

岡　瓊瓊杵命（ににぎのみこと）まで上ると、いったいどちらがどちらだかわからない。神武天皇あたりなら、割合にはっきりしてますが。

司馬　そうですね。いま大和で対談しているので大和のことが頭に浮かぶのですが、吉野に葛という所がございますね。葛というのは地名で、しかも種族でございますね。葛の舞というのもございます。葛の連中は、伝説では神武天皇が熊野から大和盆地へはいってくる際に山の中で道案内をします。井光という酋長が案内します。しっぽがあって井戸から出たりはいったりし、井戸にはいるとボーッと光ってるから井光。それがいまの近鉄の阿太駅のあたりへ出てきたときに、阿太の酋長が鵜飼いをしており、その鮎を献上しました。

岡　古事記に鵜飼いの話ありますね。私、読みました。

司馬　葛の連中は、神武天皇の人たちを案内したのを誇りに思っております。奈良盆地に都が転々としているときに、都に儀式があると出てきて、土人が舞うような舞を見せるのです。それで帰って行くわけです。で、壬申の乱という皇統が乱れた戦いがありましたね。そのときにもやっぱり葛の連中が出てきて戦うのですよ。

岡　どっちにつきました。

司馬　天武さんのほうについていきます。そして帰って行くときは、恩賞ももらわずに帰って行くのです。どう調べても恩賞をもらっていない。ただ働きで帰って行くのです。いつもただ働き。

岡　えらいですなあ。

司馬　おもしろいですねえ。時代が飛びますが、南北朝になると南朝につくのです。大塔宮について、かくまったりします。幕末になると、また出てくるのです。これが十津川(とつがわ)です。その十津川の連中が出てきて、薩摩藩邸と同じように十津川藩邸をつくって宮廷の守護をするのです。それが明治維新になるとまた帰って行くのです。明治政府は、それじゃぁあんまり気の毒だというので一村全部を士族にした。徳川時代の区分では百姓でした。これが唯一の恩賞です。もうひとつ最後におもしろい話があるのです。十津川郷士のなかで、ある事情で男爵をもらうことになった人がいるのです。前田という家が男爵をもらうことになった。すると十津川の人たちは、前田出てこいと川原へ呼び出して袋叩きにした。この十津川村は壬申の乱以来、葛のものは、中央に事あるごとに出て行って働いた。しかしながら、恩賞なんかもらったことがない。そして一村平等でやってきた。おまえだけ男爵もらうのは何事か。もらうか、もらわないか、と詰め寄った。すると、もらわないというんですね。そのセリフがいいじゃないですか。だから、日本の歴史というのは続いているのですね。

岡　それが神国日本です。日本民族らしいレシーバーを十分備えた人たちですね。うれしい話ですね。レシーバーが大事です。発信できる、できないより、レシーバーを持っていることが大事なのです。

［完］

岡　潔〈おか・きよし〉理学博士。多変数解析函数の世界的権威。一九〇一年、大阪市に生まれる。京都大学理学部数学科卒。奈良女子大学名誉教授。五一年、日本学士院賞受賞。六〇年、文化勲章受賞。六八年、奈良市名誉市民に推さる。

司馬遼太郎〈しば・りょうたろう〉小説家。一九二三年、大阪に生まれる。四三年、大阪外語蒙古語学科在学中に学徒出陣。産経新聞記者を経て、五九年「梟の城」で直木賞受賞。

岡潔・司馬遼太郎　萌え騰るもの　土曜社
東京都江東区東雲一―一―一六―九一一
二〇二〇年七月二十五日初版発行
二〇二五年五月二十二日二版発行
底本『岡潔集　第三巻』（学習研究社・一九六九年）

本の土曜社

西暦	著者	書名	本体
1939	大川周明	日本二千六百年史	952
1942	大川周明	米英東亜侵略史	795
1952	坂口安吾	安吾史譚	795
1953	坂口安吾	信長	895
1955	坂口安吾	真書太閤記	714
1958	池島信平	雑誌記者	895
1959	トリュフォー	大人は判ってくれない	1,300
1960	ベトガー	熱意は通ず	1,500
1964	ハスキンス	*Cowboy Kate & Other Stories*	2,381
	ハスキンス	*Cowboy Kate & Other Stories*（原書）	79,800
	ヘミングウェイ	移動祝祭日	999
	神吉晴夫	俺は現役だ	1,998
1965	オリヴァー	ブルースと話し込む	1,850
1967	海音寺潮五郎	日本の名匠	795
1968	岡潔・林房雄	心の対話	1,998
1969	岡潔・司馬遼太郎	萌え騰るもの	999
	岡潔	日本民族の危機	1,998
	オリヴァー	ブルースの歴史	5,980
1972	ハスキンス	*Haskins Posters*（原書）	39,800
1976	神吉晴夫	カッパ軍団をひきいて	近刊
1991	岡崎久彦	繁栄と衰退と	1,850
2001	ボーデイン	キッチン・コンフィデンシャル	1,850
2002	ボーデイン	クックズ・ツアー	1,850
2012	アルタ・タバカ	リガ案内	1,991
	坂口恭平	*Practice for a Revolution*	1,500
	ソロスほか	混乱の本質	952
	坂口恭平	*Build Your Own Independent Nation*	1,100
2013	黒田東彦ほか	世界は考える	1,900
	ブレマーほか	新アジア地政学	1,700
2014	安倍晋三ほか	世界論	1,199
	坂口恭平	坂口恭平のぼうけん	952
	meme（ミーム）	3着の日記	1,870
2015	ソロスほか	秩序の喪失	1,850
	防衛省防衛研究所	東アジア戦略概観2015	1,285
	坂口恭平	新しい花	1,500
2016	ソロスほか	安定とその敵	952
2019	川﨑智子・鶴崎いづみ	整体対話読本 ある	1,998
2020	アオとゲン	クマと恐竜（坂口恭平製作）	1,500
年二回	ツバメノート	A4手帳	1,599